LES TROIS JOURNÉES,

OU

RECUEIL

DES DIFFÉRENS OUVRAGES QUE L'AUTEUR A EU L'HONNEUR D'ADRESSER, AU NOM DE LA GARDE NATIONALE,

A SA MAJESTÉ ET A S. A. R. MONSIEUR,

POUR L'ANNIVERSAIRE

Des 12 avril et 4 mai 1814, et du 8 juillet 1815;

DÉDIÉ

A TOUS LES GARDES NATIONAUX DU ROYAUME,

PAR LEUR CAMARADE ALISSAN DE CHAZET.

PRIX : 1 FR. 25 C.

AU PROFIT DES PAUVRES.

A PARIS,

Chez { C. BALLARD, Imprimeur du Roi, rue J. J. Rousseau, N°. 8; LENORMANT, Libraire, rue de Seine, faubourg St.-Germain; PETIT, Libraire, Palais-Royal, galerie de bois.

1817.

C. BALLARD, IMPRIMEUR DU ROI,
DE LL. AA. RR. MONSIEUR ET Mgr. DUC DE BERRY,
Rue J.-J. Rousseau, N°. 8.

A TOUS
LES GARDES NATIONAUX
DU ROYAUME.

MES CHERS CAMARADES,

INTERPRÈTE, à plusieurs époques mémorables, de la Garde nationale Parisienne auprès de notre auguste Monarque et de la famille des Bourbons, je suis sûr d'avoir lu dans vos cœurs; je n'ai fait qu'écrire ce que vous pensez tous, et vous dédier ces différens hommages, c'est vous offrir vos ipinions et vos sentimens. Vous vous empresserez, je l'espère, de réaliser le projet que j'ai formé de secourir l'indigence. Il n'y a pas un Français qui n'aime à soulager l'infortune ; et si je n'ai pas été assez heureux pour faire un bon ouvrage, j'ai voulu m'en dédommager en vous proposant une bonne action.

Recevez, je vous prie, mes chers camarades, l'assurance de l'entier dévouement de votre affectionné concitoyen,

Le Cher. Alissan DE CHAZET.

LES TROIS JOURNÉES.

ANNIVERSAIRE

DU 12 AVRIL 1814. (1)

AVRIL nous ramenant l'agréable tableau
De la jeunesse de l'année,
Au bienfait du Printems joint un bienfait nouveau,
Et nous ramène aussi cette heureuse journée
Où, faisant succéder le bonheur à l'effroi
Et le plaisir à la souffrance,
Paris, en retrouvant et la paix et son Roi,
Revit le noble fils de France. (2)
De ce beau jour, qui n'eût pas dû finir,
O Muse! retrace l'image.
Des biens qu'on a goûtés on ressaisit l'usage,
Par le charme du souvenir,
Et peindre le bonheur, c'est encore en jouir.

Déjà nos citoyens, entraînés par leur zèle
Jusques aux plaines de Livri,
Du frère de leur Roi chéri
Cherchent la bannière immortelle.
D'ARTOIS paraît..... On n'entend plus qu'un cri:
Vive le Roi!.... C'est un délire
Qui se propage à l'aspect d'un BOURBON.
On pleure, on regarde, on admire
Son air à la fois noble et bon.
Quelle alégresse était la nôtre!
De LOUIS, heureux précurseur,
Quand vous nous donniez un bonheur,
Vous nous en promettiez un autre:
Plus empressé que circonspect,
Auprès de vous chacun veut trouver place.
On vous entoure, on vous embrasse:
L'excès d'amour nuit au respect.
Votre accueil nous séduit, votre bonté nous touche,
Et tous les mots sortis de votre bouche
Sont recueillis et retenus. (3)
« Après une trop longue absence,
» Je retrouve des cœurs qui me sont bien connus,
(Nous disiez-vous) « J'arrive, et rien ne change en France;
« On n'y voit qu'un Français de plus. »
Mais déjà de Paris on franchit la barrière;

On voudrait, pour vous voir, fixer le vol du tems,
Et dans un seul faubourg la capitale entière
Rassemble tous ses habitans.
Pour vous bénir toutes les voix s'unissent;
De nos cris les airs retentissent.
Chacun répète : C'est bien lui !...
De la félicité son retour est le gage,
Oui, le voilà, nous revoyons Henri,
Son sang.... et surtout son image.
Des lauriers, des festons, tracent votre chemin;
Pour le spectateur idolâtre
Chaque fenêtre est un jardin,
Chaque toit un amphithéâtre:
Tous les cœurs sont électrisés;
On se heurte, on se précipite,
Et les mouchoirs que l'on agite
Sont des drapeaux improvisés.
Chacun à l'envi se signale,
Et, comme aux tems des Nemours, des Bayards,
Les dames sur vos pas jettent la fleur royale
Qui brille sur nos étendards;
C'est une marche triomphale.
Bientôt le temple s'ouvre, on entend votre voix
Bénir le Dieu que l'Univers adore,
Et, le front prosterné, le fils des Rois implore

Celui par qui règnent les Rois.
Vous traversez les flots d'une foule joyeuse,
Pour vous rendre au palais de vos nobles aïeux.
On signale des malheureux
A votre bonté généreuse;
Soudain vous leur rendez et l'espoir et la paix:
Ainsi cette belle journée,
Qui commença par des bienfaits,
Par des bienfaits fut couronnée!...
Un an s'écoule!... O douleur! ô regrets!....
Faut-il, hélas! que je vous peigne
Tant de grandes erreurs, tant de lâches forfaits?
Vous le savez, du moins les cœurs vraiment français
N'ont jamais connu d'interrègne. (4)
D'ailleurs, vos revers si fameux
Ont éclairé votre cœur généreux:
Au sein des tempêtes nouvelles,
Et les ingrats et les fidèles
Se sont dévoilés à vos yeux.
Entrons dans ce laboratoire
Où la chimie attise ses fourneaux,
Par le creuset épuratoire
L'or fin est à l'instant séparé de l'or faux;
Ainsi, par une épreuve à la fois prompte et sûre,
Le malheur priva l'imposture

D'un masque de fidélité,
Et la vertu sortit plus brillante et plus pure
Du creuset de l'adversité.
Un plus beau jour luit enfin sur la France;
La vérité tardive a remplacé l'erreur,
Et vous voyez fêter par la reconnaissance
L'anniversaire du bonheur.
Nos vœux et nos respects sont notre simple offrande,
Chacun à vous chérir a pu s'accoutumer:
S'il fallait des leçons, le chef* qui nous commande
Nous apprendrait à vous aimer.
De vos brillans drapeaux chacun se rendra digne;
Et, dans la Garde où nous servons,
Fidélité, dévoûment aux Bourbons,
Seront toujours notre consigne:
A notre Roi nous le jurons.
Ce doux serment que ma voix vous annonce,
Franc comme vos discours, pur comme votre cœur,
Il sera rempli par l'honneur,
Et c'est l'amour qui le prononce.

* M. le Maréchal duc de Reggio.

NOTES.

(1) L'auteur a eu l'honneur de lire ces vers à S. A. R. MONSIEUR, frère du Roi, le 12 avril 1816; il portait la parole au nom de la garde nationale parisienne, et S. A. R. eut la bonté d'accueillir cet hommage avec la plus grande bienveillance. Le lendemain, S. Exc. Mgr. le Maréchal Duc de Reggio voulut bien en faire mention dans l'ordre du jour. L'auteur n'en rapportera pas ici les expressions beaucoup trop flatteuses; mais il les conserve avec la plus vive et la plus respectueuse reconnaissance.

(2) Paris, en retrouvant et la paix et son Roi,
Revit le noble fils de France.

Ceux qui ont été témoins et acteurs dans cette mémorable journée, peuvent seuls avoir une idée de l'enthousiasme universel et du spectacle qu'offrait la capitale. On peut lire les journaux d'avril 1814; mais tous les récits sont au dessous de la vérité, et les expressions manqueront toujours, soit en prose, soit en vers, pour bien peindre une scène aussi touchante.

(3) J'arrive et rien ne change en France;
On n'y voit qu'un Français de plus.

On sent que l'auteur n'a pu citer que très-peu de ces mots

charmans qui semblent s'échapper du cœur de cet excellent Prince : on n'a pas oublié cette répartie si heureuse et si remplie de sensibilité que fit S. A. R. à un garde national, qui, poussé par les flots d'une foule immense, était tombé, et, dans sa chute, avait heurté MONSIEUR ; ce Prince, auquel il faisait des excuses, lui répondit : « Vous êtes tombé sur mon cœur, c'est la » place d'un Français. »

Un grand nombre de réponses et de mots également empreints de cette bonté parfaite, qu'on pourrait nommer *bourbonnienne*, se trouve rapporté dans un ouvrage fort intéressant, intitulé *le Panache blanc*, et publié par M. Augustin Hapdé.

(4) Les cœurs vraiment Français
N'ont jamais connu d'interrègne.

Si ces tems d'épreuve et de malheurs ont navré le cœur des bons Français, en donnant lieu à des traits qui caractérisaient la plus insigne lâcheté et la plus noire trahison, on se repose avec le plus vif plaisir sur ces actions nobles et généreuses qui honorent des sujets fidèles et profondément dévoués à leur ROI : un des plus beaux monumens de courage, lors de cette déplorable époque, est la protestation publiée à Bordeaux, par M. Lainé, qui était alors président de la chambre des députés.

Protestation de M. LAINÉ, président de la chambre des députés.

Au nom de la nation française, et comme président de la chambre des représentans, je déclare protester contre tous décrets par lesquels l'oppresseur de la France prétend prononcer la dissolution des chambres. En conséquence, je déclare que tous les propriétaires sont dispensés de payer des contributions aux agens de Napoléon Bonaparte, et que toutes les familles doivent se garder de fournir, ou par voie de conscription ou de recrutement quelconque, des hommes pour sa force armée. Puisqu'on attente d'une manière aussi outrageante aux droits et à la liberté des Français, il est de leur devoir de maintenir *individuellement* leurs droits; depuis long-temps dégagés de leurs sermens envers Napoléon Bonaparte, et liés par leurs vœux et leurs sermens à la Patrie et au Roi, ils se couvriraient d'opprobre aux yeux de la nation et de la postérité, s'ils n'usaient pas des moyens qui sont au pouvoir de chaque individu. L'histoire, en conservant une reconnaissance éternelle pour les hommes qui, dans tous les pays libres, ont refusé tout secours à la tyrannie, couvre de son mépris les citoyens qui oublient assez leur dignité d'homme pour se soumettre à ses misérables agens. C'est dans la persuasion que les Français sont assez convaincus de leurs droits, pour m'imposer le devoir sacré de les défendre, que je fais publier la présente protestation qui, au nom des honorables collègues que je préside, et de la France qu'ils représentent, sera déposée dans les archives, à l'abri des atteintes du tyran, pour y avoir recours au besoin.

Signé Lainé.

Bordeaux, ce 28 mars 1815.

ANNIVERSAIRE

DU 3 MAI 1814. (1)

D'UN prince cher à notre amour,
Et que l'Europe entière honore,
J'ai déjà chanté le retour:
Mon cœur veut que je chante encore.
De la félicité j'ai célébré l'aurore:
Je dois en célébrer le jour.
Vous avez seul accompli pour la France
Tout l'avenir promis par votre précurseur;
En retraçant les biens dus à votre présence,
Le poète de l'espérance
Devint le peintre du bonheur.
Et quel Français pourrait se taire,
Lorsque le plus brillant des mois
Nous ramène un anniversaire, (2)
Qui revient aujourd'hui pour la seconde fois,
Et que nous célébrons, hélas! pour la première?
Du grand art de régner, comme règne un Bourbon,
D'Artois faisait le noble apprentissage:

Il commandait en père, il gouvernait en sage ;
Il faisait bénir votre nom,
Pour mieux retracer votre image !....
Vous revenez, après vingt ans,
Dans cette France si chérie :
Vous revoyez tous vos enfans,
Qui vivaient en exil dans leur propre patrie.
Vous revenez.... victimes à la fois
Et du caprice et de la guerre ;
Nous retrouvons et la paix et des lois,
Double bienfait de notre père.
Vous méditiez de loin cet ouvrage immortel,
Où la sagesse et la prudence
Le génie et l'expérience,
Ont, dans un Code paternel,
D'une liberté sage établi la balance ;
Où, d'accord avec l'équité,
La loi nous sert toujours d'arbitre ;
En un mot, *votre plus beau titre* *
Aux yeux de la postérité. (3)
Son code en main, le Salomon de France
De nos murs vient bannir l'effroi :
Il entre, et tout Paris s'élance

* Discours du Roi à la Chambre des Députés.

Affamé de revoir son Roi;
Il entre : chacun, à sa vue,
Du bon Henri, qu'on croit voir arriver,
Redresse l'antique statue;
Des monstres l'avaient abattue,
Des Français vont la relever. (4)
Chacun disait avec reconnaissance,
En contemplant le Béarnais :
Il est juste qu'enfin l'on nous rende ses traits,
Puisque son règne recommence.
C'est pour fêter cet immortel retour,
Cette journée à la fois noble et sainte,
Qu'on nous permet de garder un seul jour
Du palais la royale enceinte!... (5)
Ah! c'est trop peu pour tant d'amour!
Oui, c'est trop peu pour des sujets fidèles;
Un seul jour ne saurait contenter nos désirs.
Ce tems qui pour la peine a des langueurs mortelles,
Pourquoi faut-il qu'il ait des ailes
Lorsqu'il emporte nos plaisirs?
Ah! du moins profitons de ce moment prospère,
Pour voir, pour admirer de près
Du second Saint Louis la fille auguste et chère,
Votre Antigone et l'Ange des Français;
Pour contempler aussi les traits d'un tendre père,

Dont la douce et franche bonté
Veut qu'on aime et non pas qu'on craigne,
Et dont la noble aménité
Présente au regard enchanté
L'image du bonheur promis à votre règne.
Oui, Sire, c'est en vain que le fier conquérant
Qu'on admire et qu'on fuit, qu'on cite et qu'on abhorre,
Usurpe le beau nom de grand.
Le plus grand prince est celui qu'on adore;
Un calme heureux dure plus qu'un vain bruit.
Nous préférons, pour le repos du monde,
Au torrent fougueux qui détruit,
Le fleuve utile qui féconde;
La paix et le bonheur valent bien les exploits:
L'olivier fut toujours le laurier des bons rois.
On l'a dit et redit sur la foi d'un adage,
Qui par l'erreur nous fut transmis:
« Si la grandeur du trône est le partage,
Les souverains n'ont point d'amis. »
Ce n'est-là qu'un faux témoignage.
Sire, regardez-nous, nous sommes tous d'accord
Pour démontrer que le proverbe a tort;
De la fidélité nos cœurs portent la preuve *:

* La nouvelle décoration de la Garde nationale.

Pour nous votre malheur ne fut pas une épreuve,
Lorsque le ciel nous a donné
Un monarque clément et sage,
Il est bien plus chéri s'il est infortuné.
Il peut se voir contraint de céder à l'orage,
Mais il n'est jamais détrôné.
Il commande de loin, il règne en son absence :
On l'aime, et c'est-là sa puissance.
Ainsi dans votre exil vous emportiez nos vœux ;
Voilà les cœurs français, Sire, voilà les nôtres !....
Pardonnez si des pleurs s'échappent de nos yeux.
Ce sont des pleurs d'amour.... Sous votre règne heureux
On n'en répandra jamais d'autres.

NOTES.

(1) L'auteur a eu l'honneur de lire ces vers à SA MAJESTÉ, le 3 mai 1816, portant la parole au nom de la Garde nationale parisienne. Sa Majesté a bien voulu lui dire les choses les plus flatteuses, et a témoigné sa satisfaction, le soir, à l'ordre, en présence de tous les officiers de sa maison.

(2) Nous ramène un anniversaire,
Qui revient aujourd'hui pour la seconde fois,
Et que nous célébrons, hélas! pour la première.

L'anniversaire du 3 mai 1814 n'avait pu être célébré en 1815 : à cette époque l'usurpateur opprimait la France, trompait les faibles, faisait insulter dans ses journaux les sujets fidèles, et préparait la grande comédie du Champ-de-Mai.

(3) Votre plus beau titre
Aux yeux de la postérité.

Ces paroles furent prononcées par Sa Majesté, à la séance royale qui eut lieu à la Chambre des Députés, au mois de mars 1815 : c'est dans cette séance que S. A. R. MONSIEUR, S. A. R. Monseigneur le Duc de BERRY, et S. A. R. Monseigneur le Duc d'Orléans, prêtèrent serment de fidélité à la Charte constitutionnelle.

(4) Des monstres l'avaient abattue,
Des Français vont la relever.

Une chose bien extraordinaire et bien digne de remarque, c'est que Bonaparte, pendant tout le tems qu'a duré son invasion, n'a pas osé faire abattre la statue du bon Henri : on assure que des ordres secrets avaient été donnés pour ce renversement sacrilége, dans le cas où la bataille de Waterloo aurait été gagnée par l'usurpateur.

(5) On nous permet de garder un seul jour
Du Palais la royale enceinte.

Une ordonnance du Roi porte que tous les ans, le 3 mai, la Garde nationale de Paris fera le service du Château, et remplacera, pendant vingt-quatre heures, MM. les Gardes-du-Corps, MM. les Gardes de la Prévôté, les Cent-Suisses, enfin toutes les troupes qui font le service habituel.

ANNIVERSAIRE

DU 8 JUILLET 1815. (1)

Je te salue, ô jour trois fois heureux!
Gage brillant du bonheur de la France,
Tu seras célébré par nos derniers neveux
Comme le jour de délivrance.
L'utile souvenir de tous les maux soufferts
Seul pourra désormais en éloigner l'atteinte;
Le destin, en brisant nos fers,
Exprès nous en laissa l'empreinte.
Le Temps sembla s'arrêter dans son cours,
Et, sans pitié pour nos douleurs mortelles,
Ne garda que sa faulx et déposa ses ailes
Pendant le siècle des cent jours. (2)

Le colosse, porté sur les bras des parjures,
Avec fracas venait de s'écrouler;
La patrie essuyait ses sanglantes blessures....
Quand le Roi tout-à-coup revient nous consoler.

Dès que ce bruit flatteur a parcouru la ville,
Les soldats citoyens, par leur zèle entraînés,
Noblement indisciplinés,
Volent, malgré leur chef, aux plaines d'*Arnouville ;*
On veut en vain leur inspirer l'effroi,
Des factieux ils bravent la colère :
Rien n'arrête un enfant qui veut revoir son père,
Rien n'arrête un sujet qui veut revoir son Roi.
Mais tandis qu'à Paris la ligue furieuse
Des vils apôtres de l'erreur,
En repoussant une main généreuse,
Capitule avec le bonheur,
Une heureuse nouvelle à l'instant est semée;
On la recueille, on la répand,
L'écho la répète et s'étend
Dans la capitale charmée....
Le Roi de France est entré dans nos murs!...
Soudain la ville entière est sa brillante escorte:
En offrande chacun lui porte
Et l'ardeur la plus vive et les vœux les plus purs.
Le soleil sans nuage éclaire son entrée,
Les Français peuvent tour à tour
Jouir de sa vue adorée :
Un tyran seul craint le grand jour.
Auprès du char royal sont ces guerriers fidèles

Ces maréchaux vétérans de l'honneur,
Du trône menacé les nobles sentinelles
Et les courtisans du malheur.
Bravant la froide symétrie,
Le délire a rompu les rangs;
On se pousse, on se presse, on crie,
Les petits sont auprès des grands;
L'amour a franchi les distances,
Le plaisir est la seule loi.
Le mot d'ordre est *bonheur*, les marches sont des danses,
La musique est *vive le Roi!*
Pour le cœur des Bourbons n'est-ce pas la meilleure!
C'est au milieu de ce concert d'amour
Que Louis a gagné sa royale demeure.
Mille voix à l'envi célèbrent son retour:
De tous ses sentimens Louis veut nous instruire;
Et comme son bonheur est de se voir aimer,
Il veut aussi nous exprimer
Qu'il ressent l'amour qu'il inspire.
Mes amis, mes enfans.... c'est tout ce qu'il peut dire;
Sa grande âme s'agite; on voit ses pleurs couler;
Sur ses lèvres sa voix expire;
Pour la première fois, il ne saurait parler... (4)
Bon Roi, nous comprenons votre éloquent silence,
Et pour calmer votre sensible cœur,

Nous allons vous offrir le tableau du bonheur.
Aussitôt la foule s'élance :
Chacun se serre, chacun court,
Ce n'est plus qu'une chaîne immense,
Et l'on voit sauter en cadence
La paysanne au jupon court,
Les maîtresses et les soubrettes,
Et les mamans et les fillettes,
Les ouvriers, les gens de lois,
Et les nobles et les bourgeois:
La duchesse en grande parure,
Et la coquette en négligé;
C'était la France en miniature,
C'était Paris en abrégé. (5)
Depuis ce jour, si cher à nos âmes ravies,
Que de malheureux consolés,
De pleurs taris, de vœux comblés
Et d'espérances accomplies !
Naguère encor; quand l'hymen le plus beau,
Réalisa notre espérance !
C'est, grâce à notre Roi, que d'un trésor nouveau
L'Italie a doté la France.
L'auguste Caroline unit des dons charmans;
Aménité, bienfaisance, talens,
Doux caractère, esprit facile,

Elle a tout et n'a pas vingt ans;
C'est bien la preuve qu'en Sicile
La moisson se fait au printems.
Cet hymen, fécond en prodiges,
Va multiplier nos Bourbons :
Quand l'amour assortit deux tiges,
On est bien sûr des rejetons.
Pour mieux mériter notre hommage,
Ah! puissent-ils, à nos yeux réjouis,
De l'esprit, du cœur de Louis,
Retracer la vivante image!
A notre amour qui peut nier ses droits?
Notre bonheur n'est-il pas son ouvrage?
Aimez-le, magistrats qui chérissez les lois;
Aimez-le, malheureux dont il entend la voix;
Aimez-le, francs guerriers, de nos preux les modèles,
Dont il ne veut jamais oublier la valeur;
Aimez-le, guerriers infidèles,
Dont il veut oublier l'erreur;
Aimez-le, par reconnaissance,
Fils d'Apollon, pour qui l'or n'est pas tout,
Dont la plus noble récompense
Est le suffrage du bon goût;
Aimez-le, commerçans, car sa raison profonde
D'un calme nécessaire est le plus ferme appui;

Aimez-le, vous trouvez en lui
Le garant de la paix du Monde;
Aimons-le tous, et songeons bien
Que, pour payer tant de bienfaits durables,
Pour acquitter nos cœurs envers le sien.....
Nous serons toujours insolvables.

---

(1) C'est dans le cabinet de Sa Majesté que l'auteur a eu l'honneur de réciter ces vers, le 9 juillet 1816 : il a été introduit par Son Excellence Monseigneur le Duc de la Châtre, premier gentilhomme de la Chambre. Sa Majesté était entourée de Monseigneur le Maréchal duc de Reggio, de Monseigneur le duc d'Escars, de Monseigneur le duc d'Havré, etc. etc. Le Roi a eu l'extrême bonté de dire à l'auteur : « Je suis aussi content que le 3 mai. »

(2) *Le siècle des cent jours.* Cette locution poétique a été généralement approuvée; quelques personnes l'ont cependant critiquée : je ne crois pas pouvoir les combattre d'une manière plus victorieuse qu'en leur disant, pour toute réponse, que Monseigneur le Ministre de l'intérieur a dit, huit mois après, à la Chambre des Députés : « Plusieurs réfugiés Espagnols ont tenu » une conduite très-honorable pendant le siècle des cent jours. » Jamais expression plus hardie n'a été consacrée par l'autorité d'un plus beau talent.

(3) Nos soldats citoyens par leur zèle entraînés,
Volent, malgré leur chef, aux plaines d'Arnouville.

Je m'abstiendrai, pour éviter des souvenirs pénibles et des récriminations fâcheuses, de nommer le chef qui essaya d'arrêter, par l'ascendant de son autorité, l'élan de tous les bons Français. Vaines précautions, crime inutile, comme je le dis quelques vers plus bas :

Rien n'arrête un enfant qui veut revoir son père;
Rien n'arrête un sujet qui veut revoir son Roi.

(4) Pour la première fois, il ne saurait parler....

C'est encore une de ces scènes dont il faut avoir eu le bonheur d'être témoin, pour en connaître tout le prix : que l'on se figure celui de tous les Rois qui s'exprime avec la plus élégante facilité, et dont tous les termes sont choisis, sans qu'il ait le tems de les choisir, réduit au silence par la force irrésistible de ses émotions et de nos transports ; il ne pouvait que pleurer et sourire ; il faudrait plaindre ceux pour qui ce ne serait pas la plus douce éloquence.

(5) C'était la France en miniature,
C'était Paris en abrégé.

Quelques personnes ont trouvé cette peinture trop familière ; j'avoue que je ne puis ni concevoir ni partager leurs scrupules ; l'épisode que j'ai retracé est un des plus piquans et des plus curieux de cette mémorable journée ; il entre tout naturellement dans mon sujet, et je ne vois pas pourquoi je me serais détourné, pour ne pas cueillir quelques fleurs qui se trouvaient sur ma route.

ANNIVERSAIRE

DU 12 AVRIL 1814. (1)

C'est en avril que la garde fidèle,
Qui de son général bénit les douces lois,
Osa vous adresser, en empruntant ma voix,
Le tribut de ses vœux, l'hommage de son zèle;
Avril revient, et l'un de ses bienfaits
Est de nous ramener cette époque si chère
Qui nous rendit les Bourbons et la paix.
Quand l'amour a parlé, je ne saurais me taire;
Ainsi que tous les bons Français,
Il faut bien que ma muse ait son anniversaire.
A retracer d'aussi doux souvenirs,
C'est le cœur seul qui nous engage,
Et renouveler notre hommage,
C'est multiplier nos plaisirs.

Il est encor présent à notre âme attendrie,
Cet heureux jour, ce jour avant-coureur
De la félicité promise à la patrie,
Où de nos citoyens l'élite réunie,

A reçu de vos mains le présent enchanteur
De cette cocarde chérie,
Sans tache comme votre vie,
Et pure comme votre cœur :
Quels doux transports furent les nôtres!
Vous inspiriez l'alégresse et l'amour,
Et de la monarchie enflammant les apôtres,
Vous veniez de Louis annoncer le retour,
Comme au printems c'est le premier beau jour,
Qui nous annonce tous les autres.
Trois ans sont écoulés : partout on a béni,
De vos vertus l'ineffable puissance,
Et je ne suis, pour en parler ici,
Gêné que par votre présence.
Oubliant qu'on peut être ingrat,
Être utile, c'est là votre bonheur suprême,
Et de vos revenus vous dépouillant vous-même,
Pour augmenter ceux de l'Etat,
Assez riche puisqu'on vous aime,
D'une fausse grandeur vous dédaignez l'éclat ;
Mais si vous épargnez le vain luxe des fêtes,
Vous ne retranchez rien de vos généreux dons,
Rien, de tout le bien que vous faites ;
Voilà le luxe des Bourbons,
Voilà leurs dépenses secrettes.

L'Éternel, satisfait de vos efforts pieux,
Nous en offre la récompense;
Et, s'occupant du bonheur de la France,
Il a rendu fécond cet hymen glorieux,
Dont s'énorgueillit l'Italie;
Et qui promet à ma chère patrie,
Pour l'empire des lis des rejetons nombreux.
Le jeune Henri (car c'est lui qui va naître, (2)
Le ciel ne sera pas généreux à demi;
C'est lui que nous verrons sur le trône affermi,
Gouverner nos neveux plus en père qu'en maître),
Le jeune Henri sera charmant.
A mes regards, de ce royal enfant,
Tout l'avenir se développe,
Et je vais ici franchement
Faire en deux mots son horoscope :
De la vertu suivant toujours la loi,
Comme vous il sera sincère,
Il sera bon comme sa mère,
Et clément comme notre Roi,
Brave et loyal par caractère,
Plein de franchise et de gaîté,
Il unira l'esprit à la vivacité,
Pour mieux ressembler à son père;
S'il voit des malheureux, il les consolera;

Il saura, nouveau diable à quatre,
Tout à la fois aimer, plaire et combattre;
En un mot, Henri cinq sera
Le vrai petit-fils d'Henri quatre.
S'il marche toujours sur les pas
De ses nobles parens, de son aïeul auguste,
Il sera bienfaisant et juste:
En vous suivant, on ne s'égare pas.
Pour nous, toujours vous suivre est notre destinée.
Nous la trouvons douce à remplir;
Cette consigne fut donnée
Par vous-même, et chacun aime à s'en souvenir;
Je crois entendre encor le fils de France,
Pardonnant à l'erreur, oubliant plus d'un tort,
Nous dire avec l'accent d'une tendre éloquence:
C'est entre nous à la vie, à la mort.
Ce mot charmant, ce mot si plein de flâme,
S'il peint vos sentimens, peint aussi notre ardeur.
En nous découvrant votre cœur,
Vous avez deviné notre âme;
A la vie, à la mort, oui, nous le répétons,
Ce doux serment qui nous rallie,
C'est-là le nœud sacré qui lie
Les Bourbons à la France, et la France aux Bourbons.
Tous vos intérêts sont les nôtres;

Nous avons dans vos mains placé notre bonheur ;
Et, pour ne point quitter les drapeaux de l'honneur,
Nous resterons à jamais sous les vôtres.
Vous avez accueilli nos vœux :
Ah! recevez encor notre promesse
De vous aimer toujours avec la même ivresse
Que si vous étiez malheureux.
Contre les factieux, assidus sentinelles,
Le zêle nous forma, le zèle nous soutient ;
Vous êtes entouré d'amis francs et fidèles;
C'est la garde qui vous convient;
Ce qu'ils ont dit cent fois, ma muse le répète.
Pourraient-ils ne pas m'approuver?
Ils auraient pu choisir un plus brillant poète;
Mais leurs cris joyeux vont prouver
Qu'ils n'auraient jamais pu trouver
De leurs vrais sentimens de plus sûr interprète.

NOTES.

(1) L'auteur a eu l'honneur de lire ces vers à S. A. R. MONSIEUR, le 12 avril 1817; il portait la parole au nom de la garde nationale parisienne. S. A. R. a reçu cet hommage avec la plus vive émotion, et a dit à l'auteur : *On ne peut répondre à de pareils vers qu'avec le cœur.*

(2) Le jeune Henri, car c'est lui qui va naître.

Si S. A. R. MADAME LA DUCHESSE DE BERRY donne le jour à un fils, le ROI a permis qu'il s'appelât Henri.

ANNIVERSAIRE

DU 3 MAI 1814. (1)

Sire, le charme heureux des plus grands souvenirs
Au pied du trône nous rappelle,
Et cette époque solennelle
Est le signal de nos plaisirs.
Objets constans de vos sollicitudes,
Nous venons tous les ans rendre grâce à vos soins
L'amour a ses devoirs, le cœur a ses besoins,
Et le bonheur ses habitudes.
L'indulgente amitié m'a confié l'emploi
Qu'en ce jour elle me conserve,
L'insigne honneur de parler à mon Roi :
Pour lui je suis sûr de ma verve;
Pourtant, j'en fais l'aveu, souvent j'ai souhaité
Que tout à coup elle devint semblable

A votre esprit, comme à votre bonté,
Pour qu'elle fût inépuisable.
Dans un si beau sujet, je n'aurai pas recours
Au luxe des rhéteurs, à leurs brillans détours.
Je parlerai la plus douce des langues,
Celle du cœur, qui plait toujours,
Et je vous sauverai l'ennui des longs discours:
HENRI QUATRE, on le sait, n'aimait pas les harangues. (2)
Après vingt ans, Dieu voulut exaucer
De vos sujets les vœux sincères,
Et sur le trône de vos pères
Sa justice vint vous placer.
De ce beau patrimoine, illustré d'âge en âge,
Vous jouissez à votre tour,
Et vous voyez par notre amour
Que rien ne manque à l'héritage.
Comment, du jour qui vous rendit,
A vous une couronne, à nous une patrie,
Retracer l'époque chérie?
Le cœur s'oppose au travail de l'esprit.
Peindrai-je la foule empressée
Se disputant le bonheur de vous voir,
Redoublant d'amour par l'espoir
Et n'ayant plus qu'une pensée?
Montrerai-je à vos yeux ravis

Tous nos braves guerriers, ces brillans favoris
De Bellone et de la Victoire,
Qui vous offraient, légitimant leur gloire,
Des touffes de lauriers dans des bouquets de lys;
Et ces bons Vendéens, qui de leurs longs services
Laissaient voir le signe éclatant,
Fiers de leur pauvreté, beaux de leur dénûment
Et parés de leurs cicatrices.
Il entre, le Roi désiré!
Le ciel est pur, Dieu le protège:
Pour entendre le chant sacré,
Tout Paris lui sert de cortège.
Il entre, le Roi désiré!
Dont nous admirons la sagesse,
Et, pour nous prouver sa tendresse,
Il nous donne un chef adoré:
C'est ce prince qui joint, simple et bon sans faiblesse, (3)
Une indulgence heureuse au plus pur dévoûment,
La grâce à la délicatesse
Et l'héroïsme au sentiment:
Fait pour offrir tous les modèles,
Aux citoyens comme aux guerriers,
Le plus loyal des chevaliers,
Le premier des sujets fidèles.
Que de bienfaits sont dus à ce beau jour!

Il rendit un père à la France.
Aussi, pour célébrer ce fortuné retour,
Vous voulez, acquittant notre reconnoissance,
Et charmant à la fois l'esprit et les regards,
Que la fête des cœurs soit la fête des arts. (4)
Vous ordonnez, leur temple s'ouvre:
Soudain à nos yeux se découvre
Des peintres le salon brillant.
Plus d'un tableau fini, plus d'un portrait parlant,
Du connaisseur mérite le suffrage;
Mais, j'en conviens, s'il me paraît charmant,
C'est qu'on voit partout votre image.
Non loin de là, le même jour,
Nos savantes académies,
Par vos ordres sont réunies,
Et des neuf Sœurs représentent la cour.
Toutes les neuf, je le confesse,
N'ont pas des disciples soumis;
Le désir de briller trop souvent leur adresse
Plus de courtisans que d'amis;
En vain la foule qui s'empresse,
De Melpomêne en tous lieux suit les pas:
Elle rêve à Racine, et croit encor l'entendre;
Aucun auteur ne songe à le lui rendre;
Et depuis que le ciel ordonna le trépas

D'un poète si pur et d'un amant si tendre
Melpomène, voilant ses lugubres appas,
Verse des pleurs et n'en fait plus répandre.
Thalie, à qui l'hymen réussit une fois,
Mais que rien ne saurait consoler de Molière,
Pleure de même, et gémit sous le poids
De son veuvage séculaire.
Pour ces deux Sœurs, si le sort est contraire,
D'autres n'ont pas un si cruel destin,
Et de Clio du moins, le succès est certain,
Puisqu'elle écrira votre histoire :
C'est elle qui saura, d'un immortel burin,
Orner de votre nom le temple de mémoire;
Elle dira : Les Français malheureux
Obéissaient aux caprices d'un maître;
Louis revient au milieu d'eux,
Et la France semble renaître;
Juste dans ses calculs, ferme dans ses desseins,
Il devient pour l'Europe un arbitre suprême,
Et le flambeau des lois allumé par ses mains,
Éclairant ses sujets, guide le Roi lui-même :
Aux plus rares vertus son cœur donne l'essor;
Vainement des saisons la funeste inclémence
S'oppose au bonheur de la France,
Et veut le retarder encor,

Louis sait la combattre; il ouvre à l'indigence
Et sa grande âme et son royal trésor;
De ses nobles parens la bienfaisance brille;
A ses présens ils unissent leurs dons,
Et la famille des Bourbons
Soulage son autre famille.
Tous les maux que nous cause un sort trop rigoureux,
Leur activité les répare,
Et plus la nature est avare, (5)
Plus nos princes sont généreux.
Oui, Sire, de ce règne en beaux traits si fertile,
Voilà ce que dira l'historien habile,
Voilà ce qu'il dira de vous,
Et sa tâche sera facile,
Il écrira ce que nous pensons tous.
Mais, que dis-je, à l'instant vous recevrez vous-même
Les tributs que l'on doit à vos rares bienfaits;
Toujours le Prince que l'on aime
L'apprend par ses propres sujets.
Bientôt de votre capitale
Vous allez parcourir les populeux faubourgs,
Et vous serez ravi de ces naïfs discours
De la franchise joviale
Que le peuple pour vous témoigne tous les jours.
En vous voyant, plus d'une heureuse mère

Dira : Bon Roi, je te bénis;
Mon fils aîné mourut victime de la guerre,
Et je te dois mon second fils.
L'artiste s'écrira : De ta munificence,
Grand prince, j'ai reçu d'honorables loisirs;
Je te dois des talens qu'énerve l'indigence,
Et qui meurent dans les soupirs;
Enfin, Sire, partout de votre bienfaisance
On va bénir le doux emploi,
Et votre promenade en cette ville immense,
Doit être un long *vive le Roi!*
Vous verrez la même affluence;
Vous entendrez partout les mêmes cris,
Et vous croirez, en parcourant Paris,
Faire le voyage de France.

NOTES.

(1) L'auteur a eu l'honneur de lire ces vers au Roi le 3 mai 1817; il portait la parole au nom de la garde nationale parisienne. S. M. a reçu cet hommage avec sa bienveillance accoutumée.

(2) Henri Quatre, on le sait, n'aimait pas les harangues.

Tout le monde sait que ce bon et grand Roi avait une antipathie prononcée pour les harangues; on se rappelle cette répartie si piquante du Béarnais à un maire de village, qui, voulant le haranguer, s'embrouilla dans un compliment qui commençait ainsi: « Sire, on a vu Alexandre.... Alexandre.... », et il ne pouvait continuer. Henri IV, accablé de fatigue, et pressé de se mettre à table, lui dit en riant: « Monsieur le Maire, Alexandre avait dîné, et je meurs de faim. »

(3) C'est ce Prince, qui joint, simple et bon sans faiblesse.

Je n'ai pas besoin d'en dire davantage, ce portrait nomme le modèle.

(4) Que la fête des cœurs soit la fête des arts.

Le Roi a voulu que l'ouverture du salon et la réunion de toutes les Académies à l'Institut, eussent lieu le 24 avril, jour anniversaire de son arrivée à Calais.

(5) Et plus la nature est avare,
Plus nos Princes sont généreux.

Ce que donnent nos Princes est incalculable; souvent même ceux qui sont les objets de leur générosité ignorent la source de leur bonheur, parce que les bienfaiteurs se cachent. Comme je l'ai dit ailleurs, *ce sont leurs dépenses secrettes.*

www.ingramcontent.com/pod-product-compliance
Ingram Content Group UK Ltd.
Pitfield, Milton Keynes, MK11 3LW, UK
UKHW021037180726
13838UKWH00004B/1854

9 782329 162997